野栀子花馨香十里

徐从炎◎著

时代文艺出版社
SHIDAI WENYI CHUBANSHE

图书在版编目（CIP）数据

野栀子花馨香十里 / 徐从炎著. -- 长春：时代文
艺出版社, 2024. 9. -- ISBN 978-7-5387-7541-9

Ⅰ. I227

中国国家版本馆CIP数据核字第2024MG7599号

野栀子花馨香十里
YE ZHIZI HUA XINXINAG SHI LI

徐从炎　著

出品人：吴　刚
责任编辑：初昆阳
助理编辑：王　琦
排版制作：墨知缘

出版发行：时代文艺出版社
地　　址：长春市福祉大路5788号　龙腾国际大厦A座15层（130118）
电　　话：0431-81629751（总编办）　　0431-81629758（发行部）
官方微博：weibo.com/tlapress
开　　本：880mm×1230mm　1/32
印　　张：5
字　　数：78千字
印　　刷：北京荣泰印刷有限公司
版　　次：2024年9月第1版
印　　次：2024年9月第1次印刷
书　　号：ISBN 978-7-5387-7541-9
定　　价：58.00元

图书如有印装错误　请与印厂联系调换　（电话：0312-3703485）

◇ 序言

　　这是我第二本诗歌集，创于 2021 年 11 月至 2023 年 11 月间。第一本诗歌集曾序，我之前主要精力集中于小说创作，虽然偶尔涉及诗歌创作，对诗有一定了解，但毕竟主要精力不在于此，不抵专业诗人深入。第一本诗集，多用直抒胸臆的表达形式。我的第二部长篇小说出版后，想歇一歇转到短文诗创上。经过多次深入的研究和学习后，我开始对诗的含蓄表达形式感兴趣，欲在本诗集的创作中加以实践。但为诗而诗尚可，有些内容仍觉得不直接书写难以表达内心情感。同时，本诗集延续了之前创作中夹杂众多近体诗的做法，一是因为个人比较喜爱这种形式，二是也觉得拙作中掺杂一些，比全是现代诗更有感觉。在近体诗创作上，则努力严格遵守规则，即严格遵守了对仗、押韵、平仄等要求。这可以算作本诗集的基本情况介绍，亦是作者本人真实想法的表达，和创作过程的说明。

　　我的第一本诗集原来是随写随发在博客上，那时有许多网友在网络上浏览后发表大量诗评，都是赞扬与鼓励的话语，给了我莫大的信心，在第一本诗集中我把那些诗评加以摘选发于序中助读。本诗集出版后，热切地欢迎各位读者朋友不吝指正，惠以真教。是为序。

　　深致诚挚谢忱！

徐从炎

2023 年 11 月 30 日

◇ 目录

无边处人儿安好？

2021 年 11 月 8 日

同享看不到边的一个形容词
世上只有两件物体：天与海

出门一仰头，天无边
乘船一出吴淞口，海无边

有人不服气曰，思念亦无边
有人诡辩曰，思念归脑海

分手确实不得已，君须去异邦
从此，君吾相隔太平洋两岸

野栀子花馨香十里

从此，吾的泪泉开了闸
静时，梦里，枕边

如今，一个甲子已过
步至生命边缘的吾试忘却

太难了，多少日子君吾曾泪拥
盟誓海枯石烂永不变

吾没法让海枯去
吾仍在不断祈福无边处人儿

她们全在灯火阑珊里

2021 年 11 月 16 日

女人难找，谁说不是
再找十年就满半世纪

找来找去
原来全躲在我的一念里

对面那位我看就是
让我喜欢在那双笑眼里

一走出挑绣花针般仔细
顿时看出她就是一生日子的美丽

我要感谢自己的灵感

将我长期找寻变得如此容易

想掐死黎明

2021 年 11 月 21 日

黎明一把那白撒出来

黑夜也就无处躲藏

床上人得起来去忙生计

由不得不离开温馨所在

黎明之后两人被迫天各一方

昼间照面就同拽快时间一般难

再聚首必是太阳公公大觉正酣

连轴转忙定后方能再沾床

黎明总是爱跟我们对着干

一着恼真想把它掐个稀巴烂

寒潮的光临

2021 年 12 月 23 日

是从西伯利亚而来

是在一夜之间

从天而降

从空中袭来

完全不予预告

是感觉命令翻出厚衣裳

没有屋住的植物

遭受冷气戮伤

看不见的透明空气

将口中呼气骤然变成白颜色

领受命令的空调

只得不辞辛劳日夜工作

而寒潮像个大顽童

耍闹几日又捉迷藏般悄悄消散

悄　春

2022 年 1 月 19 日

谢却西伯利亚的馈赠

春晖时隐时现露出她讨喜的笑靥

爱的神箭首先被枝条认领

立即排出长短列队欢迎

连缩到土里的枯草真身

也跟着探出尖尖的绿脑袋

响应熏风吹响的行动号令

虽然到处寒颜色依旧

万物已然被挑起兴奋

急着性子纷纷接踵而出

尽管悄无声息，步履肃静

北京冬奥抒怀

<u>2022 年 2 月 20 日</u>

题注：写于北京冬奥即将胜利闭幕之际

寒冷试图统治世界

世界正经历少遇冷寒

有块儿地方甚为独特

东方北京冬奥大赛正酣

奋力宣战寒风、雪域

点燃地球眼睛一片热情

北京设施和氛围一级棒

各国运动员可尽情放飞梦想

北京汇集今冬最炫酷的风光

野栀子花馨香十里

此冬举办冬奥大赛最优选

既然阳光如此钟爱这块地方

全球的目光自然全爱逐向愉快

北京准备了丰盛大餐

盛邀各国运动健将前来分享

服务团队早已备上精美厚礼

北京不太在意唯一双奥褒奖

更望各国人民领略北京热情好客

北京希望为冬奥发展贡献力量

世界奥赛精神已然大获弘扬

中国亦唤起民众冬运喜爱

北京冬奥展现了团结、水准与辉煌

必将以不凡载入世界奥林匹克史册

相聚的日子总显短暂

挥别的时刻难免恋恋不舍

再见，即将落幕的欢腾半月

希望都能带上北京美好印象

再见，前来欢聚的各国宾客

希望未虚此行都带着微笑散场

再见，第 24 届世界冬季奥林匹克

希望看到今后发展的道路愈走愈宽广

长满春天的公园

2022 年 3 月 2 日

公园到处走动的人们

已经卸去厚笨的冬装

公园山楂花正含苞绽放

漂亮妆扮吸引着过往目光

公园杨柳树上的枝条

穿上翠绿的衣裳在摇曳生姿

公园小树林里的鸟儿们

叽叽喳喳的歌声特别可爱

公园到处都是昂扬新景

公园无处不在展示日浓春色

人们喜爱新新垂柳

2022 年 3 月 13 日

垂柳深受人们喜爱

尽管站相一般：或斜或歪

那歪或被视为风霜修就的谦态

那斜或被看作路遇客气的逊让

——人们对心仪之物喜欢另眼相看

垂柳深受人们喜爱

脱去秋冬灰衣裳那般盎然

婀娜妩媚、风姿绰约绿云似艳亮

人们喜欢这种美开朗胸怀

人们高兴这种秀滋补双目

垂柳深受人们喜爱

轻盈柔顺、摇拽飘荡宛若婆娑风采

与水之软各有千秋相得益彰

装靓江河湖畔吸引双双愉快引足踏往

融入温和清新之中谈天久地长

垂柳深受人们喜爱

还有令人欣赏的生命力顽强

更具备受青睐的讨喜爽快

——卞急萌出新绿充当快嘴

最先向人们预报春的到来

人们早不耐烦

视一年之计新春为转变开端

人们对今春期盼再期盼

人们对本年新柳喜爱有些特别

歌中国天眼

2022 年 3 月 25 日

屏镜前头长忘返，
一流巨器启新篇。
说衰唱破全球嘴，
举力协合赤县人。
射电青暝雄远路，
东方亮目拓精神。
仁东小队劬艰苦，
宇宙深穹著妙勋。

附平仄：

平仄平平平仄仄
平平仄仄仄平平

野栀子花馨香十里

平平仄仄平平仄

仄仄平平仄仄平

仄仄平平平仄仄

平平仄仄仄平平

平平仄仄平平仄

仄仄平平仄仄平

欢腾的浔阳江

2022 年 3 月 29 日

浔阳江只是长江中的一小段

历史长河演绎多少璀璨故事

不断拓拽在人们心里的长度

慧远开宗、朱熹创学、白居易弄琴

梁山闹江州、陈友谅建都、收复英租界

万家岭大捷、九八抗洪……

件件惊世骇俗

浔阳要津天生书写大文章之一地方

浔阳人不断地用勤劳、勇敢证明

浔阳人心中欢腾着炽热的爱国情怀

是海是山？不重要！

（散文诗）

2022 年 4 月 1 日

它不是海？碧水蓝天一体，看不到边。

它是海？寥寥几片海，它算哪片？

它原本是山，山得久远，山得东畔庐山未见得敢断言，山龄比它长。一身历久绿外装，混迹赣西北崇山峻岭当中，少人烟相伴，聆听各种鸟语花香过时光，守候变化莫测风情度漫长。幽寂。静默。而它，从不敢想象改变。

人类替它想，千万双手截断有它参与酿造的清流，给它戴上光环。条条清流唱着支支愉快小曲，汇成欢歌，一片浩淼的汪洋。它确是海，享名庐山西海。

　　当地人，舍不得尽抹亿万年存在的那堆山，欲留念想，只让碧水为它换一身衣裳。而上身，仍然任它傲指天蓝。山人有山人的情怀。

　　它是海是山已不重要。重要的是，它走出了深山编织的封闭"绣房"，幽寂换装上时代昌茂。面前，日益纷至沓来的掠美宾客。

载满心语清明花

2022 年 4 月 5 日

特别日子步上祖山，满山花开夺目
那么鲜艳。不否认都是纸的
后人永远只觉
有欠前人，永远只觉做得欠够
存愧心。花假焉算作假？
延续两千五百多年。清明花
越来越被作兴！慎终思远
太多的缅怀、思念的心语
借助清明花充当信托使者
带去先人那里，一表衷肠

恒久的劳动号子

2022 年 5 月 1 日

古代先民苦作乐

弹弓出现唱出首支《弹歌》

号子由是出自人民之手

人民拥有独有注册

号子骑上骏马肇始启程

一路续奔跨过历史长河

漫长岁月许许多多时候

号子成了人民亲密陪伴

号子成了人民殷切寄托

野栀子花馨香十里

新时代号子换成新方式传吟

高亢以新意涵走进赓续

粗犷早已走出将劳动重负卸脱

雄浑不再局限呼吸调整

激越快步向力量集合

嘹亮助力激情前行不断提速

号子今天已成人民心中永远歌谣

号子似曼妙天籁遍传世界各个角落

世界全在领略其铿锵律动澎湃节奏

钟情五月

（组诗）

2022 年 5 月 27 日

五月唱响劳动赞歌

没有什么节日与之能比

五一是面向世界劳动人民的问候

劳动人民喜迎它都爱用劳动的欢歌

而我有幸在这一天出生

别人戏言我：劳碌命

我乐意永被这天提示守本分

绿色也爱五月

像谁吹响集合号
所有植物本月特别活跃
谁愿步伐落在后面
不抢先把翠绿向成熟深绿表现
连水中泥里的莲藕都听见
钻出来大秀出污泥而不染
一身爱煞人的别样绿

五月鲜花红似火

花中之王牡丹登台

花中之相芍药亮相

石榴、蔷薇、玫瑰各种名花

纷纷浓妆艳抹登场

一起展现五月热烈

亦在尽情享受恋爱的芬芳

贵在孕育

别挑剔五月果实不丰

非比秋月硕果累累

秋月的丰硕都是五月恋爱的结果

五月在为秋月的丰硕作着可贵的孕育

将届年半

年味犹新，春意缠脑

五月提醒时间已近年半腰

如果本年不想落跑

任重道远，同志尚需记牢

五月具有加油站功效

促发铆劲的作用让谁拇指吝啬翘

野栀子花馨香十里

2022 年 6 月 13 日

野栀子花爱匿在山丘

不起眼的地方，精心修炼

自己的内涵，不愿去学牡丹、玫瑰

招摇下山热衷于尘世的瞳仁

野栀子花馨香十里，源自专心

非一日之寒的低调无闻

成为香花之首愈加挡不住

世上挑剔的目光爱不释手

多少精美的花瓶偏爱于它

显然，不是冲它那不起眼的颜色

寂寞挺讨人喜

2022 年 7 月 7 日

喧嚣、嘈杂、纷乱的对立面是你

你同它们敌对双方般老死不相往来

前者是专为精神旺盛人准备的体验

我同前者难有共鸣同感

一触碰前者就让我错乱、躁恼、厌烦

一处进寂寞中才让我心如镜湖一样安详

滋润我精神仿佛按摩般舒坦

我的思想才会像鸟儿样自由自在翱翔

想飞多高多远全凭当家作主我的心愿

这种惬意只有我一样喜爱的人方能体感

彩色的风

<u>2022 年 7 月 13 日</u>

风是有个性的

决定它也有喜怒哀乐

有时若有若无

像个调皮的小孩儿

有时哼着小曲儿

像个活泼的姑娘

有时温文尔雅

像个温和的老头儿

有时横冲直撞

像个醉酒的大汉

有时狂吼伤物

像个凶残的恶魔

想起画家的调色板

红橙黄绿青蓝紫

风一样不落不缺

缘起那次避雨

2022 年 7 月 16 日

我和她走到一起在城里人看来很浪漫

如同一盘忘记搁盐菜般简单（淡）

那次路遇大雨我先躲到檐下

不一会儿檐下又跑进一个她来

两个大活人不可能少了嘴上搭讪：

"你衣服湿得比我厉害"

"天又不冷衣服湿点儿有何妨"

"你出门生怕多手带雨伞"

"你不也是同我一样手懒"

我们结良缘后常拿这事调侃对方：

"当初可是你先追求我"

"是你蓄谋已久躲那地方追我在先"

我们彼此心里一直追忆那件事

这让我们的日子过得很香、很甜

一向偏爱樟

2022 年 7 月 21 日

也爱柳之柔松之刚

更多偏爱樟

柳、松满蕴诗意

樟具备更多实际

夏炎行在大街

常遇樟行撑绿伞

每见巨大古樟之下

聚集一堆纳凉闲聊客

冬寒步出户外

迎眼一片可恼灰色

野栀子花馨香十里

遇点儿绿色特别悦目
樟扮演其中重要角色

家具里柳、松身影何在
谁家樟器不是一件件
小至凳、砧，大如柜、箱
更有防蛀樟脑丸

樟之讨喜并非尽在惠上
更甚在其默默谦态
去旧换新悄保绿悦不吱声
通体献洁樟香驱虫暗赠芬芳

柳婆婆时常见

2022 年 7 月 29 日

从我记事时起就知道

村里年纪最长者是柳婆婆

她家门口那株高大的木子树下

永远搁着一条长凳一壶茶

我们村往下七八里有座小城市

大路头上不脱挑担人路过去那讨生活

柳婆婆看见都要招呼歇会儿喝口茶

柳婆婆未见茶壶摆在那里任路人自呷

少不更事的我那时没少讥笑柳婆婆傻

凭什么为那帮人辛苦上山拾柴火采野茶

老人没了那棵木子树下歇担的人仍未断

没茶喝就清评老人心善养寿至近百之佳话

奇怪的是老人音容笑貌在我心里总难抹掉

夏炎了

2022 年 8 月 2 日

一些动物噤声了

一些植物搭拉了

呼吸空气烧嗓了

大地快要着火了

出不得脚暂歇了

大树底下风没了

撩巾擦汗止不了

屁股刚落脑飞了

牛群是否断顿了

稻子是否口渴了

野栀子花馨香十里

菜苗是否晒怂了
蜂儿是否要逃了

草帽一扣起身了
汗水任它去流了
如果收成欠丰了
金秋就该汗颜了

昆虫歌声需善辨

2022 年 8 月 9 日

昆虫的歌声有的悦耳可不是欢歌

像人类的歌声有的动听正能量常欠缺

知了放嗓高歌非告知炎热季节来到

而是在悲哀自己的生命行将结束

知了从土中幼虫到能飞成虫寿达数年

全靠吸取树根和树干之汁为生

树是人类不可或缺的亲密朋友

亦表明知了不是和人类同向而行

我们人类应该谨言慎行

不能把自己的喜欢轻易赠予不友善它们

夏 江

2022 年 8 月 11 日

大水高隆亮映天，
蹀行铁马势如掀。
冲空踊跃犹翔去，
满耳摧枯壮阔喧。

附平仄（通韵）：

仄仄平平仄仄平

平平仄仄仄平平

平平仄仄平平仄

仄仄平平仄仄平

婚姻向好歌

2022 年 9 月 10 日

互相欣赏是幸福婚姻

互相认可是凑合婚姻

互相猜疑是痛苦婚姻

互相恶语是分裂婚姻

婚姻是复杂的

脑清胜于智昏

欣赏可用奋斗补齐

认可能以真情弥平

前两者或者亦会变

后两者自省能更新

年轻单纯时栽下的树

需要理性和智慧加以扶正

如果听任后者发展不善经营

难免自身备受苦

一言失智短瞬悲

一举有情长久馨

正树需要假以时日

育花必须精心耕耘

如果空气适宜、充分

树木皆能成佼傲挺

如果雨水应情、滋润

花朵全会光艳耀人

镜　子

2022 年 9 月 13 日

鬈龄对它无兴趣
那没万花筒好玩儿

儿童喜欢瞄两眼
里面脸蛋还看得

青春老往跟前凑
要替冤家把尊相

上班紧张也端详
形象关联吃饭碗

现在不愿再面对

生怕心情被它伤

难忘老家那口井

2022 年 9 月 21 日

·

那口井先于老家存在

老家选择那井在此建村庄

小时所见不过石头围成个水坑

形象不佳不妨碍井水招胃肠喜爱

后来村里发展人口增多起来

那池蓄水日益满足不了村人需要

于是决定扩大池容减少外溢

终于让我有机会一睹尊模样

其实就一个小泉眼

不是来自地表而是流自大山心脏

它哺育了我们一代又一代村人

也哺育出我内心没齿难忘的深恩印象

将漂亮进行到底

2022 年 9 月 24 日

幼时知道自己漂亮

是从大人瞳仁里看到

他们个个抢着抱我

长大知道自己漂亮

是从镜子里面看到

那张秀脸确实不一般

生育后知道漂亮锐减

是从体形亲身感受到

让我非常气恼和沮丧

忽然一缕阳光照进来

思想豁然开朗

我可以扛着理想继续漂亮

观 江 思

2022 年 10 月 22 日

高处看长江

一条丝带

从西边飘过来

走近看长江

急急荡荡

万马奔腾一般

静静思长江

其实亦不平凡

滴水汇成的澎湃

秋日里的菊花

2022 年 11 月 3 日

秋日里的橘子只哄嘴巴

秋日里的大雁居高临下

秋日里的红枫败落之景

秋日里的菊花精神最旺

秋阳下菊花仰着张张小圆脸

欢欣的表情就如孩童一般

菊花有理由笑傲秋日里

她笑之时还有何花敢上场

板车师傅那人

2022 年 11 月 19 日

楼下巷口有位拖板车师傅

脸上温和得菩萨样

每次路过只要有空总爱和他站站

每每让我收获多份精神养分

一位贫困乡村农民

从不计较与世无争靠热情生活

每天洋溢旺盛干劲儿和精神

读他是心里一种有益调整

他宽厚胸怀难觅整座小城

他真诚相帮驱散多少所遇虚情

他在劳累中获得一身强健体魄

面对满怀友情的他说再见

那情那景

至今让我挥之不去难抹记忆之深

一辆车一个性格

2022 年 11 月 24 日

马路上车水马龙

何等奔忙景象

何等壮观场面

马路交叉口

红绿灯闪烁

为车辆努力塑造统一性格

一辆大货很乖地行驶着

突然底下爆出嘣的一响

一辆小车钻进车下

车辆纷纷绕开继续趱行

有辆小车趋前停下

司机抱出伤者，疾驶远去

路由器 真挚陪伴

2022 年 11 月 29 日

轻轻一按，你闪入房来

快活地游荡，满屋子顿生灵感

我仿佛看见你脚步的轻盈

我仿佛听到你无处不在

你用包容叩开我的心房

你以趣味让我豁然开朗

你是闲居老人的天使

你魔法般让我不再嫌时间漫长

你像小精灵般讨人喜爱

我乏了，你精神始终不减

野栀子花馨香十里

我每觉醒来
你都如初守恋
有你这般厮守、陪伴
我何惧寂寞、孤单

你飘若仙般从天而降
将这沉闷屋子打造成缤纷世界
为我搭就融入社会仙梯云桥
年纪老迈行动不便又有何妨
我不会成为深山涧死水一潭
我仍可以继续迸发正能量风采

山村放牛娃

2022 年 12 月 2 日

山村的牛不是铁的

肉身之牛仍然屡见不鲜

远远望去山村一条田埂上

一放牛娃正骑在牛背上

太阳依它作息习惯行速加快

眼看就要沉入那边的西山

放牛娃却不急于回家

显然想让牛多吃几口再返

阅历亦是财富

2023 年 1 月 6 日

各行各业都曾干过

还有一大喜好闲暇爱去外面逛逛

过早地结束读书时光

不妨碍依靠丰富阅历不断进步成长

人人都梦想努力实现人生最大价值

人人都期盼多为社会做益事留痕久长

自古通往罗马的道路万千条

此路不通总有一条会助你向前

守牢初心不为旁误持恒之后

阅历亦能助我步步走近心中的理想

寒中植物

2023 年 1 月 18 日

冷空气袭来植物反应最广
鲜亮的衣裳纷纷被枯黄取代
意志薄弱不乏垂下去头认降

仍有众多植物表现坚强盎然
松柏樟坚持不肯卸下绿装
更有腊梅偏爱冲寒傲气绽放

早 春

2023 年 2 月 11 日

乍暖还寒

柳枝挂上点点绿泡

公园增多不愿猫家者

走着，舞着，话着

各个角落

填上动感

身旁人们的脸上

明显都藏有喜悦

步上新岁程

走进新年景

竹　笋

2023 年 2 月 23 日

幽修厚土间，

面世亦悄然。

转瞬回身觅，

竹林顶上瞻。

附平仄（通韵）：

平平仄仄平

仄仄仄平平

仄仄平平仄

平平仄仄平

竹壳之愿

2023 年 3 月 8 日

从不否认最底层出身

也不否认怪丑陋看相

只关注自己的耐力

代续顽强

没人关注不重要

无人愿瞧有何妨

边缘物类只重坚守

自己心愿

不想理会世人的看法

也不在乎社会的褒奖

一心只为把品质高洁的竹
培育成材

顾盼生姿的桃

2023 年 3 月 11 日

一株桃与一株松，碰巧

长到一块儿。桃先亮出

花期，把自己打扮得

花枝招展，没谁不承认

她的衣裳漂亮。一夺艳中

头魁后，桃自鸣得意起来

心想不愁松不倾慕，主动

示好靠近过来。松却不为所动

保持着静寂肃默，态度令桃十分

不解，难道自己美丽得不够

让她百思莫得其详。其实松深知

桃不能相陪走到冬，不过春天

昙花一现。松只恋顽强

心里念兹在兹的是

寒中长相守的另两友：竹与梅

想往心中种植太阳

2023 年 3 月 21 日

为啥笑容老挂不上脸

感觉心中有郁闷作怪

什么时候跑进那玩意儿

想必想法多了充当了送客

谁能否认想法多点儿是错

问题怕是功夫与之匹配不上

现在一想脑同山间溪样清楚明白

位置摆弄不当让那郁闷见隙侵犯

症结就清楚明白横躺在脑中央

我想，该往心中种植太阳

回乡感怀

2023 年 3 月 26 日

藏踪熟土径，

阔道至新村。

靓墅悦亲旧，

还称困苦人？

附平仄（通韵）：

平平平仄仄

仄仄仄平平

仄仄仄平仄

平平仄仄平

感恩那桥

2023 年 3 月 30 日

回村必须经过的那座桥

已经呈现在跟前

小时看它很高大

现在变得那般矮小

它是村里标志性建筑

略高两岸的单孔石拱桥

接近顶端有几步石阶

那是儿时最喜欢地方

注释着那段岁月游戏的最爱

桥建于何年爷辈们都不知道

它像位慈祥老人默默服务着

村人生活、向往、希望的需要

久历沧桑外貌如初一点儿未改
坚毅、忠诚、牢靠永续着既往
我是通过它走到外面世界
它是我改变人生行向更远的起点
由是每回路过步履不由得会放慢下来

溪水的歌声

2023 年 4 月 4 日

溪水的歌声动听而甜美

它们来自厚厚的腐叶之下

像大山榨油样把它们挤出来

碧澄清莹看着心里直生蔚蓝

溪水正在边歌唱边潺潺前淌

一耳即听出那歌声多么轻松愉快

此时它纯洁得像幼稚可爱的小孩儿

坐观的我却直替它们不安

前方的河江湖海会让它们纯洁下去

我盯着它们的身影默默地出着神

只无奈地望着它们渐行渐远

丰足未必真幸福

2023 年 4 月 6 日

因钱多生出烦恼不乏人在

有的为钱多保值操碎了心

有的因钱用不完催老得更快

有的给钱多闹得家庭多异少睦

有的让钱多惯得好吃懒动废了健康

不妨往钱少的人群瞧一瞧

干得最欢精神头最旺的他们活得最自在

快乐只存在于创造丰足的过程中

丰足到手是愁是欢却很难说

住在高楼不胜烦

2023 年 4 月 12 日

想想应该是久住农村养成了习惯

过去农村只住土屋没有楼房

（有个矮楼只是堆放东西的地方）

出门方便习惯到外面蹭人多地方

包括吃饭端着大碗边吃边海侃

那是过瘾聊天最好场所最美时光

也是开怀大笑补充内心精神食粮最佳所在

总会遇上一些人卖弄古今戏说

把关公战秦琼捏在一起展示才干

管那是真是假令人捧腹就实在

那种自在的味道至今触起仍不胜向往

现在住在高高的半天云中 28 层楼上

唯一邻居住对面只能听见开门响

有何开心可言

每每让我手足无措只剩对着电视它闹我叹

默默的台灯

2023 年 4 月 17 日

躬着个背捧着一团明亮

静静地伫立案台一旁

那闪烁的光线

仿佛你的笑眼

不断地传递温情

微笑着瞅着看

遇他心有旁骛志不专

你眨巴那笑像跟他讲

读吧

里面有你需要的精神食粮

若他自信不果神不定

野栀子花馨香十里

你忽闪那笑似乎在劝说

写吧

只要坚持定会有斩获

那充盈的光芒

是你宽大胸怀的彰显

而无量的奉献

是你默默无闻地陪伴

见证他成长的个个瞬间

记录他伏案那些时刻

不知疲倦地为他输送光明

毫无自我地替他驱赶着暗中黑

在你那里看不到三心二意

在你那里更不见变化无常

你的品性就同钢铸一般

永远只知厚爱别人不会改

日复一日夜复一夜

经久慷赠着嫁衣怡然自得

你虽然不起眼却该有歌

因你坚持这么做从不索报偿

爱上晚上唱歌

2023 年 4 月 26 日

都说我公鸭嗓子，我就不敢唱歌

每开口便遭攻击害得他们直哆嗦

可我明明心里常有喜欢

不唱歌又没人肯上前分悦于我

我努力工作没办法少收获

收获一多挑起兴奋就想扯嗓放歌

但唱出的声音不好听也是实情

憋得难受催逼内心顿生灵活

白天不让唱我可以改在晚上哼

一个人躲房间想哼就哼谁奈我何

我的梦想何时飞翔

2023 年 4 月 29 日

没有梦的人不是凡人

我的梦手里托着沉甸甸思想

就同仙人托着不凡仙丹

感觉次次都高级不同凡响

都思想上不做凡人一夜登上天堂

觉醒时分梦想还赖在床上

仍在被窝里巴巴守着希望

夜夜是窗口照进来的白光将它驱散

只要再沾床旧梦必然转头重来

日复一日月复一月年复一年

陈梦旧想只管任性不断地重复着

而我并不知道它们何时腾空而翔

初心的实彰

2023 年 5 月 11 日

作为出身农村的人

一个地道的农村产品

习惯了农村土灶

习惯了农村田埂

习惯了农村旧宅

习惯了农村生活

我只追求情感的安放

能安放我的情感

只有这片稔熟的土壤

离开它们

我即一无所长

我希望能发挥自已的所长

我希望在这片土壤上尽情绽放

七十栽树

2023 年5 月19 日

人言略欠时，
自己享无益。
笃信曾孙辈，
能闻荫下嘻。

附平仄：

平平仄仄平

仄仄仄平仄

仄仄平平仄

平平平仄平

风，在树梢吹哨

2023 年 5 月 26 日

绵绵和风是风

大作狂风是风

树梢吹哨的风也是风

一种醒耳好听之风

被好听的风吹悦的我

停下脑中平仄

推窗盯向窗外不远

那株两层楼高的玉兰看

已过花期的那树此时

顶上欢闹是啥意涵

是想转为和风绵绵

还是欲狂风大作一番？

吟环卫人

2023 年 6 月 8 日

而今信步市井

整洁同公园般养人眼睛

人们知道有赖谁人

见过隔天少了他们之惨景

此诠释他们的份量

彰显他们价值如金

他们每天起得比太阳早

最先开启新一天大门

匆忙赶早人问道他们

总会领到一份浓浓热情

他们忙碌在车水马龙热闹中

野栀子花馨香十里

专注不输科研室里的精英
搜寻每片遗漏和乱扔
及时将细微错位纠正

陋装不妨碍内里有颗金子般热心
位微不一定奉献胸怀会输高雅人
专注自己责任区的洁与净
致力群体为社会打造美的环境
不在乎别人是否疏略、忽视
只着意自己默默尽责、做事做人
他们是普通的环卫人
也是本真的一个奉献群
人们越来越多关注、尊敬这个群
他们身上体现着时代发展的刚需精神

六月荷花分外灿

2023 年 6 月 27 日

藕荷挺会挑选季节开花

趁很多花都去躲避炎热

它依仗扎根水下的独有优势

仰天傲向灸阳绽放出灿烂

仿佛知道美的化身非它莫属

那么多绿荷衬托谁能比攀

它的花瓣就时常洋溢出笑泪

它的清秀更尽显稚气的孩童样儿

没谁不承认它在本季最养眼

本季节让它抢尽爱美的目光

挚谊捆绑着真诚

2023 年 7 月 3 日

友谊成色分三六九等

一般的朋友都能交下一溜圈

欲获挚友却非一件容易事情

赢得此友没有秘诀全系真诚

环顾那些玩虚、摆谱的人身边

几人交有顺时为他笑

逆时替他急的真感挚情

此事终需真诚久久为功

一生赢得几个不离不弃的朋友

就不失为告慰一生的愉快事情

好书领我游学海

2023 年 7 月 10 日

娱乐活动曾经最爱一觉有误彻底戒

书籍告诉我还有一个更美妙的世界

我一扑入就被许许多多未知所迷住

尤其是那些好书不断诱引我游学海

眼近视了精神却获几何级获得

让艰难处世的我从此倍感浑身有力量

脑子知识一多不诉诸笔端难以释放

不断去刷文字也挺给人心胸滋养

游戏在那些文字中日子过得挺实在

学海中游泳美妙的感觉委实令人很畅快

鸡　毛

2023 年 7 月 16 日

一团鸡毛被风刮落筐外

内心急膨骤胀同面前空间一样

何等幸运之机惠顾它的等待

窃喜即刻让它生发许多奇思妙想

抬眼面前高楼的大柱

顿时产生与之结合的冀盼

幻想绑成一支巨大的掸子

广博眼球注意出人头地

仰望白云继而转念又想

若能高飞漫天游弋飘荡

神仙般自由自在更惬意
浩瀚大美世界眼底尽享

一试立即发出一声深叹
怎奈起飞的翅翼这般没能耐
飞不起来方知不切实际
自己能量跳不出与蒜皮并列
明白如其被扫去成垃圾当废物
还不如安本分当塑做纸成衣裳

题长江

2023 年 7 月 19 日

滚滚东流水，

生生不止息。

千年方向定，

万载海洋集。

底硬长经久，

源高速自急。

凝结成浩渺，

照映浩穹熹。

附平仄（通韵）：

仄仄平平仄

平平仄仄平

野栀子花馨香十里

平平平仄仄

仄仄仄平平

仄仄平平仄

平平仄仄平

平平平仄仄

仄仄仄平平

小溪的思想

2023 年 7 月 23 日

既然这世界有我一席之地

总该有自己的思想

哪怕再小，那有何妨

奔忙，歌唱，是我的喜爱

我知道，这并不能引起多大注意

我身边的石头、小草、灌木、大树

全都安于现状

没人知道我所想，我只恋大地方

不是大溪、大河、大江，目标是大海

深涧峡谷，环境狭窄，装不下我的心

安放不了我思想

即使深知到达海洋

我仍不过渺小一员

我们出身一样

大家汇合在一起

就能唱出高亢的歌

他人焉能理解

我启程的歌声，那般欢乐、甜香

凭吊那次散步

2023 年 7 月 27 日

丝丝缕缕

缠住的是痛

抛开又是重

拾回来是愁

收藏起来是憾

几年校园交往

海阔天空地久天长

临毕业那次散步

你提去我家看看

我略思曰太寒酸

你笑道不在乎

我坚持等条件稍改善

你未语只笑看

我未料到改变那般难

数年之后闻说你已有了孩子

我只有去母校那条路上排解

那曾飘香的旧路尽剩追悔与悲伤

也没少梦中勇敢地去登门造访

次次所见都是那开朗模样挂在秀脸上

虽然事情已过很久凭吊却很心愿

且还特爱次次往内心深处收藏

明知结果只会是五味杂呈的无尽岁月

学会了藐视

2023 年 7 月 30 日

山洪像一只巨大的猛兽

不予预告袭击了我们乖巧的小村

时间狡猾地选在三更半夜

大人们却个个不为所惊

神情淡定从容不迫

只是半夜被咆哮声吵醒

招呼老人和小孩我们上楼去待

预防凶敌进屋弄湿我们裤和鞋

却没人肯搬离祖宗选定的家乡

底气除祖先用经验垒成坚石小屋

还有更为宝贵的顽强抗争的思想

我上楼后似乎有所悟有所感

盯着洪魔进屋乱窜直想喊

有本事你也登到楼上来看看

太想喊这么一嗓让大人知道我已同样

那把老蒲扇

2023 年 8 月 2 日

轻轻一按，墙上的空调立即

呼呼响起来，猛将我送回过去岁月

那时村前夜间晒谷场

每人手上一把蒲扇，天天扇出

一派情热。有一把蒲扇

在我记忆中印象刀雕斧刻一般

没齿难忘。祖母那把老蒲扇，上面

缝同沟样宽，每天送出的凉爽，

只肯落在我脸上。也许扇子

太破，或者手力已欠足，那时

少不更事的我总觉不过瘾，不断嗷嗷叫

也不知一夜不满意多少次，嗷叫多少回

和我同睡一张竹床的祖母，只得不断
提速，提速，更不知她一夜
合了几下眼，直到天将亮她悄然起身
去了厨房。现在每每想起来
我就恨不得举手猛掴自己几耳光
而今祖母早已人扇不在，
好盼时光能倒转，让我也给她扇扇

喜欢夏季之炎

2023 年 8 月 4 日

你是四季的首席代表

没有哪季热度情形似你这般高

炎热季节更见人们奋斗精神之热

看得出都想在年半腰把基础巩强

君不见热气腾腾的工地上挥汗如雨

君不见锄禾日当午机器在不停地喧嚷

这样的季节让我的思路也特敏感

工作效率明显不是其它季节能比攀

连起床都要快上几节奏

君还有什么理由不喜欢这个季节

反正我对这个季节就差同过年般喜爱

劳 作

2023 年 8 月 7 日

路过观田亩，

畴机欢日午。

人歇夏荫中，

汗不须滴土。

附平仄（通韵）：

仄仄平平仄

平平平仄仄

平平仄平平

仄仄平平仄

一口静水塘

2023 年 8 月 12 日

它安卧在小山村一旁

此时无风的塘面

波浪全无

煞是肃然

一只老母鸭领着几只小鸭

出现在塘埂上

停也没停扭身就下

剪开平如镜般塘面

时而埋头翘尾水里

时而闲情逸致玩耍

肃然顿被悉数赶尽

只不知水塘此时咋想

喜欢之前静谧还是现在欢闹

深夜放飞思想

2023 年 8 月 19 日

太阳公公从山口拿眼一瞧地球

地球就退去黑衣裳露在白光之下

人们便开始陀螺样停不下来

会有无尽繁忙把手向你伸过来

你得掰碎时间一一应付打偿

思维只能从脑里迁移到手足上

可我脑子喜欢集中思想不喜欢分散

因为集中思想挺享受挺有美感

夜黑手足歇下思想方能归巢

那时思想便会领我奔向远方

我不觉得那比体劳收获少

它让我走出狭隘看到更广阔世界

不可或缺的小渡口

2023 年 8 月 23 日

蓝色的一条水带抹在面前绿地上

绿色的稻田不远蹲个背后是山的小村庄

五六户人家被牢在对岸那块小地方

只有跨过面前小河才能联系上世界

须臾只见两位村妇挑着担子从田埂走来

到河边一撂担子便忙拽船

这里渡口没有专人司渡

只有一条小船在两岸各系一条长绳子

妇人很老练地把自己渡上对岸

对岸不见村庄向稻田深处渐行渐远

回首再观恢复原样的渡口就显得有些特别

遇上仙境

2023 年 8 月 30 日

正陶醉于眼前雄奇险秀之美中

云彩忽然遮住太阳的笑脸

幽谷悄无声息升腾起迷幻白色

像天空落下巨大的薄薄帷帐

将我圈住在高峰、悬崖、峭壁、断岩之外

我仿佛被眼前的缥缈带入神仙般境界

瞬间帷帐又被奇妙地迅速拉开

呈现眼前的是白色在飞跃、翻滚、奔忙

围绕着我转动着一派曼妙无比神秘色彩

环眼座座山峰仿佛爱美少女披上漂亮的白纱

而条条峡谷流动的万顷白浪似茫茫海洋

这即是难能一遇的游山幸逢之庐山云雾

让我经历一次犹如仙感般的难忘时刻

白色垃圾联想

2023 年 9 月 3 日

白色，一向在人们心中很正面

美好得就同蓝天白云一样

白纸被赞可绘最新最美图画

穿上白大褂获喻褒奖

忽然"垃圾"这个负面词沾上来

发展催生白色如雪片飘扬

其中白塑多得无奈还是无奈

鱼龙混杂，亦即不足为怪

白色，落在绿草坪不如黄叶

作祸一世界不忘贴上圣洁标签

喜欢农村慢生活

2023 年 9 月 3 日

城市生活好是好太爱掐钟点

很多时候不能存误差

回忆过去农村生活

那么令人怡然自得

门外有人喊

回应只需边穿衣服边起床

出门干活路上遇人

拄着锄头先聊一气再说

反正还有明天后天在等

无妨空闲时间有的是

本人只觉得农村的生活

慢悠悠的很适合我习惯

109

登峨眉感怀

2023 年 9 月 8 日

峨眉峻矗三千米，

验老趋身试探行。

耄体曾忧枯萎树，

中途备做废空程。

上挪脚底非难路，

下瞅眸前实峭峰。

踏顶原思开豁朗，

赢余岁月有新惊。

附平仄：

平平仄仄平平仄

仄仄平平仄仄平

野栀子花馨香十里

仄仄平平平仄仄

平平仄仄仄平平

仄平仄仄平平仄

仄仄平平仄仄平

仄仄平平平仄仄

平平仄仄仄平平

这周很平淡（组诗）

2023 年 9 月 12 日

周一

启周即平淡

淡得如同白开水

本来，歇了两天有劲儿嚷嚷

一办公室的嘴

全无慷慨激昂，好像世界

都把日子拽回到昨日双休

惠顾到我们这间小小的地方

周二

按惯例，上级应该有番工作布置

他把日子提前了，上周就干了这活儿

这周有得我们消化。桌上任务一大摊

都在冲我呲牙瞪眼：还不快干

上级的新任务马上就要挤上来

面前的电脑表情很麻木

我再怎么苦干也赶不上

上级工作布置的脚步快

周三

办公室分来一名新同志

新鲜力量

经老同志一悉围攻

身上那点儿兴趣很快被榨干

本来，来位新同志应有几天热闹

但他一上来很快安静下来

年轻人的活泼全被喘气取代

看来上级任务一点儿没少对他关爱

周四

同事宣布即将结婚

喜讯，炸出一办公室笑容

笑容的末梢，也能看出挂有些微小担忧

未吃到喜糖，先尝到苦果

每个人嘴上不说

全能看出大家心里咋想

毕竟一办公室都是

上有老下有小的艰辛一代

周五

前事很快忘到一旁

大家看到双休招手在眼前

上班全都只笑不作声

表明心里全在忙

两天宝贵时间有得盘算

该如何把五天辛苦补回来

心里先有肥沃的土壤

脸上花儿开得自然灿

周六

本来，和那口子早有分工

她主内我主外。但主内的健忘

约定常让位于她调度主外。早上

懒觉正香，被主内的生生嚷醒

让快起来早饭而后负责

去送孩子上兴趣班

下午亦然

理由很简单，谁家不这样

极无奈。

周日

正想落个轻松

主内的又发话说，这活儿在家不算内事

辅导功课得由主外干。王母娘娘的法则！

辅导功课问，你说的梦想

指什么，你小时梦过吗？有得想

回答不好，他就不梦想

回答梦过，他若追问

咋看不出来，不是有口难张……

咏都江堰

2023 年 9 月 15 日

古堰思观久，

直登玉垒阁。

公元前伟创，

蜀惠后长泽。

借势流无坝，

环球例欠河。

滋民千万计，

智慧大讴歌。

附平仄：

仄仄平平仄

平平仄仄平

野栀子花馨香十里

平平平仄仄

仄仄仄平平

仄仄平平仄

平平仄仄平

平平平仄仄

仄仄仄平平

120

溪水的小声音（散文诗）

2023 年 9 月 19 日

　　一条小溪，在山涧不停地汩汩流着，声音很柔，很轻，很细。声音虽小，整座山灵动，不可或缺。一座山，只有风吹、草动、鸟鸣、虫啾声，是不够的。小溪流水声音再小，在这个环境中，就是七弦琴中不可或缺的音符。

　　试想，溪水没有响声，那还叫溪水？一条溪只干流着，任水悄无声息奔忙着，看的人还能吐得过气来？

　　不要把所有声音看作出风头。溪水的小声音，载的可是自然的和谐，环境之美。

　　没有谁认为它带来不舒服，石们，草们，树们，或者，还有风们。

相反，它若哑巴样干流不出声，只怕让石们，草们，树们和风们，不自在，甚至慌张。

小溪流水的声音，虽比不上江河喧嚣，壮阔由是它同样拥有，百分之一百二十的理由存在。

看到未来的笑脸

2023 年 9 月 21 日

社会职业三百六十行

小时候贪玩

让我摊上一个极其辛苦的建筑行当

风吹雨淋寒侵热烤每天往脸上涂抹沧桑

不想让儿子看去竟成了改变的沃壤

他那边立誓要拾回我丢失的时光

成绩越考越好就同我楼房越砌越高一样

每当我歇在高楼之上稍息擦汗

仿佛看到美丽前景招手在不远的前方

立即又激发我一身是劲儿一脸灿烂精神来

初中同学集会吟

2023 年 9 月 26 日

溯忆始登甲子边，

泥坯跃县脱如颠。

睛眸倍越叠山阻，

础蕴深得实教垫。

聚首精神乃是昔，

摩身耄体若当年。

还看来日何为景，

脸写期颐续校颜。

附平仄：

仄仄仄平仄仄平

平平仄仄平平平

野栀子花馨香十里

平平仄仄平平仄

仄仄平平平仄仄

仄仄平平仄仄平

平平仄仄仄平平

平平平仄平平仄

仄仄平平仄仄平

播名遐迩三宝树

2023 年 9 月 28 日

名山庐山既然叫山，自然同其他山一样

没有绿树装扮就等于少了漂亮衣裳

三宝树是山上树的代表

三人合抱粗的身躯指向蓝天

一株银杏一千六百年，两株柳杉八百个岁月

三棵不同树种谁也不嫌弃谁

它们紧挨为邻迎寒斗热共度时光只有团结

明神宗闻有镇山之功视为吉兆

下旨官员至此武官要下马文官要下轿

三树商量好似的傲挺

如今迎来打卡的游客络绎不绝

它们也一样没变得自满傲慢

三宝树仍只默默地坚守着存在

为庐山名片的羽翼永远悄增着能量

久违的老家

2023 年 9 月 29 日

仿佛感觉老屋在呼唤

它依然那般老情在在

是我有点儿喜新厌旧

一凉过久当回去一看

把门铁将军一脸尊相

看不出会赏一丝欢迎例外

即便是主人也得陪耐心

让人家这些年染上一身锈斑

迈进门第一脚

踩死一只蟑螂

野栀子花馨香十里

投进屋第一眼
满地贼眼闪着稀奇绿光

回前一脑门子老梦旧幻
相见有些认不得
哪里去温从前欢乐的时光
哪里去寻其乐融融亲昵呼喊

它蹲在一堆旧屋中
俨然一个老汉病态怏怏
好在新政策即将拯救
出发前从移民新村得知这里将派大用场

写给护士的歌

2023 年 10 月 5 日

笑是你们工作首件事情

笑脸是你们良好素质所养成

笑脸是挂在你们每人脸上的标配

笑脸成了你们崇高的修行

笑脸每天陪伴着你们

笑脸就同生活中阳光和你们如影随形

笑帮助你们驱赶疲劳

笑成了你们辛苦工作的养分

笑有效助力你们完成艰难繁重

笑是你们姐妹团结奋战相互鼓劲

笑使你们成了病人眼中不是亲人胜似亲人

野栀子花馨香十里

笑成了你们标志符号，永远刻进社会印象

你们是医生不可或缺的得力助手

医疗功绩里有着你们重要一份

你们与病人走得最近

架起医患之间桥梁没有断层

你们是医生和患者共同的信任

也是为国奋斗贡献卓著的一个群

数十年有见散形未识贵群

近次亲密接触所留印象至深

我从你们那些美丽的笑中

获得不少战胜疾病的精神与信心

想写点什么感谢你们的宝贵馈赠

怎奈笔拙只能为你们写几句实感真情

江滨吟

2022 年9 月16 日

东天日正升，

大水紧蹚行。

瞩目逐涛远，

秋情似火腾。

附平仄（通韵）：

平平仄仄平

仄仄仄平平

仄仄平平仄

平平仄仄平

我想知道我自己

2023 年 10 月 13 日

无眠之夜倚在窗口

漫天繁星演绎着迷宫

有的灿烂夺目

有的忽隐忽现

有的抱成一团

有的自由散漫

小时前人教导

地上多少人

天上多少星

看着看着就想知道

哪颗是自己

野栀子花馨香十里

灿烂夺目显然不靠边
忽隐忽现好像不至于
抱成一团从来不喜欢
自由散漫里似乎接近

可是太难太难辨认
只希望天上那个自己
主动走下来与我相认
让我一知那是何等尊形

庐出喜爱俯首山下

2023 年 10 月 16 日

庐山很怕寂寞，热闹才是它最爱

常像热恋中爱人精细打扮邀宠四方

有时示人以一张明亮的秀脸

有时用薄纱遮面装羞媚人

有时着一身绚丽做乖献巧

有时把自己弄得花枝招展吸引瞳仁

旺季人山人海从不嫌烦

淡季亲近者略减才令它着忙

尽管早已播名遐迩享誉世界

高高在上的它永远只爱俯首下看

不忘向山下张开更加宽大胸怀

不忘向山下表达热烈欢迎的真挚情感

无声的落叶

2023 年 11 月 4 日

岁时的秋风，夜间

把我扫落，正常书写着

代际接续。我识时务地默默接受

我也曾翠绿过，用朝气

砌过一段难忘岁月，好比

鬈龆童少，引发人们憧憬，

赠与世间喜悦。后来

我变成深绿，又以成熟

装扮世界，供人类吐古纳新

用自己一段美好光阴

参与人类美丽环境构筑

此刻穿越时空退回去细忆

或也算我功不可没

如今到该谢辞归去之时

让我走得心中安静、坦然、洒脱

和她之间的"神秘"

2023 年 11 月 13 日

慢辗月下浪漫让位疲劳身躯

买件衣服是献给对方最好的礼物

走路小跑替代优雅散步

手牵手好像没有几次记录

该神秘的岁月都支付给了奔忙

时间溜得同贼一样不声不响

获得闲暇追讨过往

可惜已经人老珠黄皱纹满腮

不过忆想当年好像大家都一样

再回首比看我和她现在的日子

似乎过得一点不输还蛮开怀

老来喜欢落泪

2023 年 11 月 18 日

有人说我变得越来越爱激动

说着说着怎么就会热泪盈眶

有人说我怎么变得越来越脆弱

他觉得很平常的一点小事儿

一到我这里就变得如此动感情

殊不知那是因为我经历太纷繁

一生磨难的苦水早已填满胸腔

我承受我挣扎我奋斗我期盼

晚景却在这之中迎来太多不曾料想

顺境一多情感由不得就同潮样

每每让我老泪纵横却非悲伤

悦古稀

2023 年 11 月 22 日

寒袭热烤复时年，
古稀谁人少淡咸。
莫道须白明日短，
夕阳乐悦滚翻添。

附平仄（通韵）：

平平仄仄仄平平

仄仄平平仄仄平

仄仄平平平仄仄

平平仄仄仄平平

锚定心情蔚蓝

2023 年 11 月 25 日

人生苦短千年传诵万年宣扬

它是深刻又是朴素的道理所在

懂是懂得可有多少人愿去平衡

不都是懂与行分道扬镳陌路一样

其实没必要去不顾一切争胜好强

稍为顾惜一下的心情或能两得

乌龟且能胜过兔子前有示范

不妨放慢节奏也来试试看

蔚蓝的心情有时是成就人的催化剂

守住了此情很多时候等于锚定了彼盼

我们正年轻（歌词）

2023 年 11 月 28 日

我们正年轻

紧张学习阶段

我们饱蘸朝气浓墨

积极书写向上

刻苦努力积蓄

迎接未来能量

啊

迎接未来能量

我们正年轻

面向社会纷繁

我们饱蘸能量浓墨

积极书写担当

发奋努力作为

勇做中坚力量

啊

勇做中坚力量

我们正年轻

放眼前瞻未来

我们饱蘸担当浓墨

积极书写作为

充满无限信心

打造更美世界

啊

打造更美世界

作者与家人在南京中山陵的照片

作者与家人在鄱阳湖口石钟山的照片

作者与妻子在上海南京路的合照

作者与家人在庐山植物园合影留念

作者与家人在庐山仙人洞的合照

作者与两孙在九江琵琶亭的合照